Conversations télépathiques
Tome I

Kyriakoula Georgiades

Conversations télépathiques

Tome I

Roman

LE LYS BLEU
ÉDITIONS

ISBN : 979-10-377-3643-7

LUI : Pourquoi dis-tu que mon ego est surdimensionné ? Je n'ai fait que t'aimer.

MOI : Tu ne m'as pas montré de signes de ton amour.

LUI : Peut-être ne l'as-tu pas mérité.

MOI : Tu sais bien que j'ai toujours adoré quand tu m'aimes.

LUI : Est-il nécessaire que tu me dises que je ne t'aime pas ?

MOI : Pourquoi ne le montres-tu pas ?

LUI : Peut-être que je le crains…

MOI : Tu me crains. Je le sais que tu me crains.

LUI : Oui, je te crains parce que tu es intrépide.

MOI : Intrépide ? Veux-tu dire redoutable ?

LUI : Tout à fait ! Tu es redoutable. Tu es un peu ma sorcière… Ma sorcière bien-aimée.

MOI : Je suis épatée que tu me traites de sorcière, même si elle est bien-aimée, étant donné les circonstances.

LUI : Je peux te traiter de déesse. Je peux t'appeler ma sorcière bien-aimée. Je peux t'appeler ma muse aussi, si tu le souhaites. Les faits sont là.

MOI : Quels faits ?

LUI : Les faits sont là avec les détails. Les détails qui ont montré ton amour pour moi sans jamais réfléchir aux conséquences. Et donc, sorcière bien-aimée, muse ou déesse, tu ne changeras pas. Tu seras toujours celle que j'ai dans le cœur.

MOI : Dans ce cas-là, pourquoi t'affaires-tu tellement à craindre ce que je ressens pour toi ? Et pourquoi, quand je ne ressens pas ce que tu penses que je ressens tout de même, pourquoi me fuis-tu ? Penses-tu vraiment qu'on t'aimera mieux ailleurs ?

LUI : Non, je ne le pense pas.

MOI : Dans ce cas, que crains-tu alors de moi ?

LUI : Peut-être qu'au fond je pense que tu ne m'aimes pas assez.

MOI : Je ne peux t'avouer en brut, de but en blanc ce que je ressens pour toi. C'est fatigant puisque tu le sais et que tu connais mon amour pour toi.

LUI : Peut-être as-tu aussi oublié comment me le dire ?

MOI : Comment ai-je pu oublier de te le dire puisque tu le vois dans mes yeux ?

LUI : Dans ce cas, je peux te répéter ce que tu viens de me dire et te retourner la question.

MOI : Tu me fatigues à la fin ! Tu n'aimes pas les conflits, tu n'aimes pas les bagarres, tu n'aimes pas t'étaler comme la confiture sur la tartine, ce que je peux comprendre s'il s'agit de confiture… Mais là, il s'agit de sentiments.

LUI : Tu me parles de confiture… Je te parle de sorcière bien-aimée… Tu sais bien que nous ne sommes pas sur la même longueur d'onde.

MOI : J'ai beau te dire que je n'aime que toi, tu mets toujours ton ego démesuré tout en haut, comme un pilier au sommet de la montagne qui ne veut pas s'affaisser.

LUI : Si mon ego est au sommet de la montagne, tu sais bien que tu ne l'atteindras pas.

MOI : Peut-être, mais cela n'empêche que je ne veuille pas l'atteindre. Je voudrais juste que tu fasses rouler le tien jusqu'en bas de la montagne. Comme ça, je ne t'écrase pas, tu ne m'écrases pas, et ton ego se sera rapatrié dans les grottes en dessous de la montagne.

LUI : Tu dis n'importe quoi ! Si je n'ai plus d'ego, tu sais bien que tu m'écraseras.

MOI : Ce n'est point mon intention.

LUI : Je pense que je dois être clair avec toi. Je t'ai déjà dit que je t'adorais.

MOI : Si tu m'adores, ce n'est pas aimer.

LUI : Si je t'aime, ce n'est pas adorer.

MOI : Ce sont toujours les mêmes conversations qui viennent frapper mes pensées.

LUI : Les conversations se font à deux.

MOI : Il y a ce petit air de délicatesse que tu n'oses pas m'exprimer.

LUI : Tout est question de délicatesse et tu sais bien que j'en ai.

MOI : Je crains que parfois, nous ne soyons sur la même longueur d'onde.

LUI : Au contraire ! Nous sommes beaucoup trop sur la même longueur d'onde.

MOI : Tu me disais que nous n'avions pas de points communs.

LUI : C'est exact.

MOI : Je pense qu'à la base, l'éthique peut y jouer un rôle.

LUI : L'éthique ? Seulement l'éthique ?

MOI : Oui l'éthique ! La religion, les valeurs, la sagesse, la morale…

LUI : Tu me parles d'éthique et de religion comme si cela avait une importance.

MOI : Bien sûr que cela a une importance. Je passe mon temps à essayer de te mettre sur un chemin et tu ne l'as même pas remarqué.

LUI : Tu veux dire le chemin de la bonté ?

MOI : Oui. Le chemin du juste.

LUI : Je pense qu'il n'y a ni bien ni mal. Ni enfer ni paradis.

MOI : Tu me fâches !

LUI : Pourquoi donc ?

MOI : Parce que je sais que le bien existe et que le mal existe aussi.

LUI : Je n'ai point remarqué.

MOI : Tu es constamment dans mes pensées… Je comptais aller me coucher, mais tu es de nouveau là.

LUI : Je sais, je t'accapare.

MOI : Comment vas-tu faire si on s'aime vraiment et qu'on reste éloignés physiquement ?

LUI : Je ne sais pas… Ce que je sais, c'est que peut-être tu laisses échapper tes sentiments.

MOI : Mes sentiments, je ne sais plus si j'en ai.

LUI : Pourquoi ?

MOI : Parce que… je te retrouve mais tu t'échappes.

LUI : C'est tout à fait ce que je voulais te dire.

MOI : Je crains aussi que tu m'oublies.

LUI : C'est tout à fait ce que je voulais te dire.

MOI : Comment donc faire si tu ne comprends pas ce que je t'explique ?

LUI : C'est un conflit intérieur et tu le sais bien.

MOI : Tu sais, quand j'ai reçu cette boule…

LUI : Tu parles de la boule de cristal ?

MOI : Oui. Quand j'ai reçu cette boule, j'ai vu ton côté paresseux.

LUI : Je m'en souviens, et cela m'a perturbé.

MOI : Pourquoi est-ce que cela t'aurait perturbé puisque c'était la vérité ?

LUI : C'est bien ça ton problème… La vérité !

MOI : Oui, j'aime la vérité.

LUI : Ça me dérange.

MOI : Pourquoi est-ce que cela te dérangerait puisque tu t'améliores avec la vérité ?

LUI : Je ne sais pas… Je n'ai pas l'habitude.

MOI : J'ai peur… Peur de mes sentiments pour toi.

LUI : Voilà-t-il pas que tu me dis tes sentiments. J'y prends goût !

MOI : Je sais, ça te plaît quand je t'aime. Ça te plaît quand je m'étale, ça te plaît quand je fais apparaître tout ce dont tu as envie alors que j'ai envie de disparaître. Mon désir pour toi te plaît aussi. Tout ce que je représente te plaît, et je le sais bien.

LUI : Tu es modeste.

MOI : Non, je m'étale. J'étale peut-être toutes ces choses qui perturbent mon esprit et puis, finalement, le tien aussi.

LUI : Je sais que tu ressens ce que je ressens. Mais tu n'as pas envie…

MOI : Envie de quoi ?

LUI : Envie de me faire parvenir toutes ses pensées télépathiques et je le sais car je te sens distante.

MOI : Non, je ne suis pas distante, je suis fatiguée. J'ai envie d'aller me coucher.

LUI : Tu veux reprendre la discussion demain ?

MOI : C'est-à-dire… La nuit est déjà tombée depuis longtemps. Et il y a la lune.

LUI : La lune ?

MOI : Oui, la lune. C'est presque la pleine lune… Ça affecte mon humeur.

LUI : TES changements d'humeur, tu veux dire !

MOI : Oui, mon humeur. Chaque fois que c'est la pleine lune, nous nous disputons. Ne le vois-tu pas ?

LUI : Peut-être pas… Peut-être que tes changements d'humeur sont inoffensifs même si ça m'exaspère.

MOI : Ça t'exaspère parce que tu ne comprends pas ! Tu ne comprends pas la simplicité des mots, tu ne comprends même pas la vérité de ce qui est juste. Tu vois donc bien qu'entre le bien et le mal il y a un écart.

LUI : Le bien t'importe et le mal t'importe peu. Or, tu sais bien que quelque part, j'ai été élevé avec le mal.

MOI : Je n'aime pas le mal !

LUI : Je te l'ai caché.

MOI : Caché quoi ?

LUI : Caché que j'aimais le mal.

MOI : Je le sais parce que je l'ai vu…

LUI : Et… Comment l'as-tu vu ?

MOI : Tu suivais ces enquêtes criminelles.

LUI :… Et alors ?

MOI : Pendant que tu suivais ces enquêtes criminelles, tu étais en train de résoudre les enquêtes avant même la fin du film !

LUI : Tu as remarqué ça ?

MOI : Oui, tout à fait. Une enquête après l'autre, tu avais la capacité de tout résoudre et ce, après cinq minutes de film…

LUI : Tu m'en bouches un coin !

MOI : Je sais.

LUI : Finalement, tes stratégies que tu essayes de me camoufler apparaissent à la surface.

MOI : Ce n'était pas une stratégie.

LUI : Penses-tu ?

MOI : Non, ce n'était pas une stratégie ! Tu confonds toujours la vérité avec la stratégie.

LUI : Tu exagères…

MOI : Non, je vois clair dans ton jeu !

LUI : Ce n'est pas un jeu.

MOI : Si ce n'était pas un jeu, nous aurions déjà arrêté de jouer et de nous parler de manière télépathique.

LUI : Tu le sais que tu m'affectes.

MOI : Tu veux dire que je sais que tu m'aimes ?

LUI : Peut-être…

MOI : Je sais aussi ce que tu ressens, ce que tu respires, ce que tu fais, où bat ton cœur, ce que tu regardes, ce que tu dis. Je le sais… J'ai la boule de cristal.

LUI : Oui, ma sorcière bien-aimée… Je crains tout ça, tout ce que tu vois, tout ce que tu dis. Cette vérité préétablie. Cet amour que tu ressens pour moi et qui t'insécurise, je le ressens aussi…

MOI : Tu vois, tu le sais. Et pourtant tu ne sais pas.

LUI : Je le sais parce que je te ressens.

MOI : Si tu le savais, tu t'abstiendrais.

LUI : M'abstenir de quoi ? D'avoir peur ? D'avoir peur de me perdre ? Cependant, tu m'insécurises…

MOI : Ah voilà, tu le dis !

LUI : Le dire ? Dire quoi ?

MOI : Dire que je t'insécurise.

LUI : C'est vrai, mais ce n'est pas facile à avouer. Mon ego va remonter au sommet de la montagne.

MOI : Non, laisse-le à terre.

LUI : Pourquoi ? Pour que tu m'écrases ?

MOI : Pas du tout ! Pour que je t'apprenne ce qu'est la vie sans ego. La vie avec amour et tolérance, compassion, sentiments généreux. N'as-tu jamais appris la générosité ?

LUI : Je sais ce qu'est la générosité. Nous mangions souvent ensemble. Je t'amenais faire pleins de choses. Je t'offrais plein de choses. Je faisais tout pour te rendre heureuse.

MOI : C'est vrai.

LUI : Et ce n'était jamais assez !

MOI : Si, c'était assez. Mais j'avais besoin de ton cœur.

LUI : Mais tu as toujours eu mon cœur !

MOI : Ton cœur, parfois, tu le refermais comme une huître.

LUI : Je sais, mais j'avais peur de t'aimer.

MOI : Tu as toujours eu peur de m'aimer.

LUI : Un peu moins maintenant…

MOI : Pourquoi ?

LUI : Disons que je commence à connaître tes imperfections.

MOI : Tu m'as suivie ?

LUI : Suivis où ?

MOI : Tu m'as suivie… Tu m'as suivie durant des mois et des mois.

LUI : Je répète ma question ; suivi où ?

MOI : Sur les réseaux ! Tu m'as observé, tu as regardé ce que je faisais. Tu t'es exprimé envers tes relations sur moi. Tu as caché des choses aux autres sur moi. Tu as tellement bien observé que tu n'as plus su m'oublier, et d'ailleurs ce fut bien compliqué de m'oublier. Avoue-le !

LUI : Tu exagères.

MOI : Non, je n'exagère pas. Je le sais. Je sais ce que tu as vu, je sais ce que tu as observé. Je sais que tu buvais chaque parole lorsque nous étions loin l'un de l'autre.

LUI : Peut-être… Peut-être pas…

MOI : Tu as replacé ton ego au sommet de la montagne.

LUI : Pas du tout, il est juste au milieu. Ni trop haut, ni trop bas.

MOI : De toute façon, je savais ce que tu faisais.

LUI : Cela ne m'étonne pas… Tu as toujours eu tendance à tout savoir !

MOI : Peut-être, mais c'est pour ça que tu m'aimes.

LUI : Je t'aimerai toujours.

MOI : Ha, tu l'avoues !

LUI : Avouer quoi ?

MOI : Tes sentiments.

LUI : Bien sûr… Tu sais bien que je ne pourrai jamais te dire le contraire. Tu sais bien que tu prends tout mon cœur.

MOI : Et qu'as-tu fait durant tout ce temps à m'observer sur les réseaux sociaux ?

LUI : J'ai regardé quelques photos… Mais pas beaucoup.

MOI : Es-tu sûr que tu n'as pas regardé toutes mes photos ?

LUI : Non, je ne regardais pas les cotations.

MOI : Tu veux dire… Les proverbes ? Les mots ? Les phrases ?

LUI : Oui, c'est ça, je savais que tu me parlais.

MOI : Vraiment ? Tu suivais mes pensées ?

LUI : Non, mais je suivais tes mots

MOI : Tu n'avais pas envie de suivre mes mots…

LUI : Parce que parfois, ils me replongeaient dans cette grosse colère.

MOI : Je sais, tu étais en colère.

LUI : Je pensais que tu l'étais aussi.

MOI : Bien sûr que je l'étais ! Peut-être que mon ego est au même niveau que le tien.

LUI : Je ne sais pas si c'est de l'ego, mais tu m'as blessé.

MOI : Encore un aveu !

LUI : De toute façon, je sais que la blessure était réciproque.

MOI : Naturellement ! Mais je ne l'ai pas oublié, je n'ai pas pardonné.

LUI : Mais, je n'ai rien fait !

MOI : Si. Je ne voulais pas que tu t'en ailles…

LUI : Je suis parti pour une bonne raison. Tu étais en train de m'oublier.

MOI : Comment peux-tu dire une seule seconde que je t'oubliais ?

LUI : Tu le sais… Pendant que je m'échappais un court instant en réfléchissant à mon travail, à ce que tu pouvais m'apporter, aux choses que finalement, tu aurais pu me donner.

MOI : À ton insécurité, tu veux dire…

LUI : Non, à toutes ces choses-là

MOI : Tu avais peur de moi ?

LUI : Non. Laisse-moi parler. À toutes ces choses dont j'avais peur. J'avais peur que ce soit une illusion.

MOI : Une illusion ? Mais une illusion de quoi ? Tu savais que je t'aimais !

LUI : Oui, mais je n'en étais pas sûr. Et puis… il y avait ce politicien.

MOI : Le politicien ? Tu veux dire, l'homme dont je t'ai envoyé la photo ?

LUI : Oui. Comment as-tu pu m'envoyer cette photo… Était-ce un canular ?

MOI : Ce n'était pas un canular. J'étais fâchée…

LUI : Et donc, quand tu es fâchée tu envoies une photo de quelqu'un d'autre ? Un politicien qui, en plus, était ton ex !

MOI : Oui ! J'étais fâchée.

LUI : Tu m'as poussé dans la gueule du diable.

MOI : Je m'en fichais.

LUI : Ça m'a mis en colère.

MOI : Je sais que cela te mettrait en colère.

LUI : Bien sûr ! Comment as-tu pu sortir avec un autre homme que moi alors que j'allais venir te chercher ?

MOI : Tu m'avais blessée… J'ai cette blessure de l'abandon. Tu m'avais abandonnée ! Je me suis sentie complètement abandonnée…

LUI : Tu savais bien que j'allais revenir.

MOI : Oui, mais c'était trop tard. J'avais besoin de toi. Pendant que je pleure, toi tu m'oublies.

LUI : Tu sais bien que je ne pense qu'à toi.

MOI : Maintenant oui ! Mais il t'a fallu du temps. Du temps pour comprendre que tu n'aimais que moi.

LUI : Je ne voulais pas me perdre…

MOI : Eh bien, c'est réussi.

LUI : Cette photo… Ce politicien, ce polichinelle ! Toutes ces choses m'ont dérangé.

MOI : Oui, c'était le but.

LUI : Tu as tout fait foirer !

MOI : Si tu pouvais être celui que je voulais que tu sois, ça ne serait pas parti en cacahuète.

LUI : Je ne pouvais pas prévoir que tu me ferais ça… Je voulais revenir et te prendre dans mes bras. Je ne pouvais pas prévoir que tu m'enverrais la photo du polichinelle. Je t'ai imaginée coucher avec lui… Je t'ai imaginée le prendre dans tes bras… Et puis, je me suis dit qu'il ne t'aimait pas, et j'ai râlé.

MOI : C'était stupide, je l'avoue…

LUI : À cause de ça, tu m'as perdu.

MOI : T'ai-je vraiment perdu ?

LUI : Tu sais bien ce que je veux dire…

MOI : Peut-être qu'au fond c'est toi qui ne m'as pas pardonné ?

LUI : Non, je ne t'ai pas pardonné.

MOI : Je suis heureuse de te retrouver.

LUI : Si tu savais comme j'ai pensé à toi, durant toutes ces nuits, où rien ne me remontait le moral…

MOI : Tu avais cette bonne femme qui s'intéressait à toi.

LUI : Pas du tout. Ce n'était qu'une roue de secours.

MOI : Alors tu es capable de comprendre ce que j'ai vécu. Et d'ailleurs ! Tu n'aurais pas dû me laisser en plan comme ça !

LUI : C'est toi qui m'as abandonné.

MOI : Je t'aimais… moi !

LUI : Tu sais très bien ce que je veux dire. La roue de secours ne faisait que passer après tout.

MOI : Hé bien donc, arrête de t'attarder sur le polichinelle !

LUI : Mais ce n'est pas pareil ! Je suis un homme, moi !

MOI : Tu connais l'égalité des sexes ?

LUI : Oui, je la connais, mais je ne voulais pas. Je ne voulais pas que tu choisisses un autre que moi.

MOI : C'est trop facile…

LUI : Je suis fatigué aussi.

MOI : Tu es juste occupé à couper la conversation.

LUI : J'ai encore envie d'être en conversation télépathique avec toi, mais je t'assure que je suis fatigué.

MOI : Très bien. Nous reprendrons demain. Mais au fond… Tu sais que j'ai raison.

LUI : J'espère que ce polichinelle n'est pas avec toi ce soir !

MOI : Peut-être l'est-il quelque part.

LUI : Tu vois ? Tu vois pourquoi j'ai eu peur de toi ?

MOI : Je sais.

LUI : À demain, mon amour.

Le lendemain…

LUI : Tu as fini de travailler ?

MOI : Oui, j'avais du boulot aujourd'hui, c'était lundi. Et toi ?

LUI : Moi aussi. Je me demandais quand j'allais enfin pouvoir venir te parler en pleine nuit.

MOI : Tu sais bien que parfois je te manque…

LUI : Oui, maintenant, je le sais.

MOI : Te rappelles-tu cet instant où je t'ai demandé si tu savais te passer de moi ?

LUI : Oui, je m'en souviens…

MOI : Tu m'avais dit que tu n'avais jamais essayé.

LUI : Oui, je me rends maintenant compte de mon erreur.

MOI : Tu me prenais pour acquise !

LUI : Je sens simplement que ce n'était pas le bon moment. J'avais ce parcours à faire.

MOI : Ce parcours de foutage de gueule !

LUI : Pourquoi dis-tu ça ?

MOI : Parce qu'entre-temps, tu as survolé des plaines. Entre-temps, tu as abattu des animaux. Entre-temps, tu t'es écorché les genoux. Qu'entre-temps, tu as oublié qu'entre la terre et le ciel, il y avait moi.

LUI : C'est bien imagé ton histoire !

MOI : Oui. Et entre-temps, puisqu'entre le ciel et la terre il y a moi, finalement, peut-être que tu es tombé très bas sous terre.

LUI : Pourquoi m'en veux-tu ? Je n'ai rien fait !

MOI : Cesse de me dire que tu n'as rien fait, tu sais pertinemment que tu t'es perdu.

LUI : Je ne me suis pas perdu. J'ai pensé que tu avais besoin de ta liberté.

MOI : C'est tout à fait vrai !

LUI : Alors, tu vois ?

MOI : Oui je sais… J'ai repris tes cadeaux. J'ai repris mon train de vie d'indépendante. J'ai vu enfin où était la lumière alors que j'ai essayé de reconstruire ma vie sur base de toutes ces connaissances que je passais mon temps à établir et à retenir.

LUI : Ne craignais-tu pas de ne plus me revoir ?

MOI : C'était le risque à prendre… Et toi ?

LUI : Je savais que j'allais te revoir, mais je ne voulais pas te revoir fâchée.

MOI : Tu sais bien que j'aurais toujours été fâchée !

LUI : Un peu comme maintenant ?

MOI : En pire…

LUI : Et pourquoi donc ?

MOI : Parce que finalement tu m'as sous-estimée.

LUI : Tu me l'as déjà dit hier

MOI : Oui peut-être. Et puis, au final, je me suis dit que je laisserais les déchets aux requins.

LUI : Qui appelles-tu requin ?

MOI : Ces espèces de phénomènes animaliers que je n'estime pas. C'est-à-dire, donnons de la viande aux lions et attendons qu'ils se nourrissent pour aller s'endormir le ventre plein pour enfin se faire abattre par le chasseur.

LUI : Tu me parles de viande, de lions et de chasseurs… Vers quelle image veux-tu aboutir ?

MOI : L'histoire est pourtant simple. En fin de compte, tu te rends bien compte que le chasseur a tué le lion.

LUI : Je sais que tu es aussi redoutable qu'un chasseur.

MOI : Oui, je suis peut-être aussi redoutable qu'un chasseur et aussi vorace qu'un lion. Cependant, tu ne me plaisais plus.

LUI : Comment ça, je ne te plaisais plus ?

MOI : Non, j'en avais fini avec toi.

LUI : Tu as trop d'orgueil, je ne te crois pas.

MOI : Si c'est vrai, j'en avais fini avec toi ! Je t'avais balancé avec tes chemises, tes cadeaux que tu as ensuite jugés inutiles et pour finir, commencé à travailler sur mes propres progrès.

LUI : Je regardais tes photos jour et nuit.

MOI : Je le sais.

LUI : Comment ça tu le sais ?

MOI : Oui, je l'avais remarqué et je l'avais constaté, naturellement !

LUI : Et donc ?

MOI : Il t'arrivait de regarder mes photos et de penser à comment tu allais revenir vers moi. Pendant ce temps, tu te dandinais entre ton travail et ta maison et pour enfin, te coucher la nuit sans pouvoir t'endormir.

LUI : Comment sais-tu ça ?

MOI : Je le sais, c'est tout…

LUI : Tu me suivais ?

MOI : Pas du tout. J'avais autre chose à faire. Je me devais de contacter Donald Trump pour lui expliquer ce qui allait se passer, pendant que Vladimir Poutine postait des photos de lui et de ses dernières activités qui allaient revenir à la surface, surtout au niveau de l'Europe.

LUI : Ça m'a l'air bien compliqué ton histoire.

MOI : Oui, donc tu vois ? J'étais bien occupée.

LUI : De toute façon je te connais par cœur. Il n'y a aucune photo qui m'aurait gardé indifférent.

MOI : D'ailleurs, tu te demandes toujours comment je fais pour être différente tous les jours.

LUI : Ça aussi tu le sais ?

MOI : Oui, et puis en tant que chasseur, j'aurais tué le lion et j'aurais été le lion en même temps.

LUI : Sans aucun doute ! Cependant, il me fallait une arme contre toi.

MOI : Quel genre d'arme ? Tu sais bien que tu ne pouvais pas utiliser d'arme contre moi.

LUI : Tu sais, ce jour-là, j'ai rêvé de toi.

MOI : De quoi as-tu donc rêvé ?

LUI : J'ai rêvé que tu étais dans mes bras, avec cet insigne de l'infini. Tu vois cet insigne de l'infini ? J'ai rêvé que cela continuerait dans le temps et je me suis dit que tu t'étais fait ce tatouage.

MOI : Tu n'es pas loin de la vérité.

LUI : Veux-tu dire que tu as ce tatouage ?

MOI : Non, pas celui-là.

Je continuais à rêvasser, quand soudain, j'entendis un bruit à la porte. Dans mes pensées télépathiques, je lui dis : « Attends, il y a du bruit ! »

LUI : C'est sûrement ton chat.

MOI : Je te laisse quelques minutes.

J'allai alors à la porte et je me rendis compte que la lumière sur le palier était allumée. C'est alors que je regardai par le trou de la serrure et je ne vis personne. Je me dis alors que si je ne vis personne, j'étais en sécurité. Je retournai donc dans ma chambre. Le chat était allongé sur le lit et pendant ce temps, je continuais à potasser pour la conférence du lendemain. Pendant que je potassais me revinrent les conversations télépathiques avec lui.

LUI : Alors, il y avait quelqu'un à la porte ?

MOI : J'ai d'abord pensé que c'était toi.

LUI : Je t'aurais bien fait une surprise…

MOI : Je ne sais pas comment je t'aurais accueilli.

LUI : J'en prends conscience, mais j'aurais bien essayé.

MOI : Te rappelles-tu ces deux roses en bas de mon appartement ?

LUI : Je m'en souviens, c'est moi qui les ai mises.

MOI : Je les toujours… Ces deux roses séchées.

LUI : Je les ai vues, un jour, sur l'une de tes photos. C'est comme ça que je sais que tu ne m'as jamais oublié.

MOI : Sûrement aussi grâce à nos conversations télépathiques. Toute cette intimité, ça m'a manqué.

LUI : J'ai toujours pensé que j'allais revenir vers toi et que je resterais.

MOI : Tu m'as épouvanté… Puis, hier, j'ai rêvé subitement de toi avec ce chapeau de sorcier et ta main devant ta bouche pour me dire que je devais me taire.

LUI : Comment t'est apparue cette vision ?

MOI : Je pense que j'avais des choses à dire sur toi, sur moi, sur la situation, et que tu m'as demandé de me taire…

LUI : Étant donné tout ce que tu sais sur moi et que je ne t'ai pas dit, j'ai dû t'apparaître pour que tu te taises, effectivement !

MOI : Oui, je sais, j'ai déjà dit pas mal de choses.

LUI : Je sais que tu n'as pas encore tout dit.

MOI : C'est pour ça que je t'ai toujours fait peur, toujours surprise, toujours étonné, toujours ralenti, toujours perturbé.

LUI : Tu es irremplaçable et je t'aimerai toujours.

MOI : Tu te laisses aller à tes émotions !

LUI : Mes émotions sont intenses. Elles sont véritables, elles ne disparaîtront jamais. Et qu'en est-il de la Russie ?

MOI : Eh bien, disons que je ne sais pas trop… lui dis-je en rougissant.

LUI : Vas-tu collaborer avec la Russie ?

MOI : Je pourrais être leur influenceuse publique. Continuer à écrire mes livres et, en même temps, peut-être voyager.

LUI : Tu ne pourras pas voyager sans moi.

MOI : Pourquoi donc ? Je l'ai toujours fait.

LUI : Tu sais bien que je ne te laisserai plus voyager sans moi.

MOI : Finalement je n'ai pas tout perdu ! *(Un rire s'empare de moi.)*

LUI : Ce dernier livre que tu as écrit… ?

MOI : Oui, lequel ?

LUI : La prophétie 2021, la théorie du complot. C'est bien ça ?

MOI : Tu l'as vu ?

LUI : Oui, je l'ai repéré.

MOI : Je voulais parler du Macronnisme qui me déplaît fortement !

LUI : Le Macronnisme ? Tu veux dire, cette époque de la France dans le gouffre ?

MOI : Oui. Tu sais, cette histoire qui a sauté à la figure de tous, qui a noyé le peuple et qui définitivement est arrivée dans le néant, à l'aube du chaos en 2021.

LUI : Dit comme ça, je sais de quoi tu parles.

MOI : Je me devais de l'écrire sur papier. Je me devais de le dénoncer, je me devais de dire la vérité.

LUI : Tu as toujours fait comme ça. Tu as toujours été quelqu'un de la vérité.

MOI : Et puis, cette pierre philosophale, peut-être l'ai-je !

LUI : Je pensais que tu ne l'avais pas reçue ?

MOI : Oui, elle est restée bloquée à la douane.

LUI : Alors, penses-tu l'avoir dans ce cas ?

MOI : Je dois l'avoir… Mais cela ne doit pas être la même.

LUI : Quelle est donc ta prochaine alchimie ?

MOI : Transformer le mal en bien.

LUI : C'est une alchimie très délicate et difficile à concrétiser.

MOI : Oui, cela me prend beaucoup de temps.

LUI : Tu sais, cette histoire de restaurant, de café. Cette histoire de ne pas pouvoir te voir pendant tout ce temps… Cela m'a perturbé car je pense à toi tout le temps.

MOI : Oui… Tu es profondément ancré dans mes pensées.

LUI : Pendant tout ce temps, je rêvais de toi. Pendant tout, ce temps je me demandais ce que tu faisais. Pendant tout ce temps, quand j'allais voir tes photos, j'avais l'impression que tu t'amusais sans moi. Pendant tout ce temps, j'ai tant espéré que tu reviennes à mes côtés pour que l'on puisse continuer les souvenirs que jamais, nous n'avons oublié.

MOI : J'aime quand tu racontes tes émotions. Elles sont si intenses.

LUI : Et ingrates.

MOI : Non, je ne les trouve pas ingrates. Je les trouve apaisantes… Cela m'apaise.

LUI : Tu sais que j'aurais toujours tout fait pour te plaire. Je t'envoyais des messages tout le temps, mais pendant ce temps j'avais l'impression que je ne voulais pas que tu m'oublies et en même temps, j'avais l'impression que je devais t'oublier…

MOI : Tu te compliques la vie ! Ça aurait pourtant été si simple de m'aimer de la même façon que je t'aime.

LUI : Mais tu sais, je t'ai toujours aimé plus que ce que tu m'aimes.

MOI : Veux-tu dire que tu m'aimes plus que je t'aime ?

LUI : Bien sûr, mais ce n'est pas parce que je ne te l'ai pas dit que tu ne devais pas le croire. Tu devais t'en douter non ?

MOI : J'ai eu du mal. J'ai eu du mal à saisir l'insaisissable.

LUI : Je sais que depuis que nous parlons de manière secrète, tu ne penses qu'à moi.

MOI : Disons que c'est l'une de mes plus belles histoires d'amour.

LUI : La seule, tu veux dire !

MOI : Tu n'as pas tout à fait tort…

LUI : Je le sais.

MOI : Est-ce que tu penses que je suis la seule à communiquer comme une sorcière avec toi ?

LUI : Pas du tout, puisque je suis là à faire la même chose.

MOI : Tu vois, ce chapeau de sorcier, tu le méritais !

LUI : Tout à fait. Je sais ce que tu es en train de faire. Je sais quand tu me parles, je sais quand tu m'entends, et je reçois tes lettres.

MOI : Oui… Les lettres de Madame Bovary sont finalement à ta merci.

LUI : C'est beaucoup plus beau que Madame Bovary. Ce sont des lettres qui m'ont remis sur le droit chemin.

MOI : Tu t'étais égaré ? Tiens donc…

LUI : Tu sais bien qu'avec toi je ne m'égare jamais.

MOI : À un moment, j'ai fait exprès… Je devais réussir mes objectifs, mes projets. Je devais réussir à devenir qui je suis et je ne pouvais pas m'encombrer de toi à ce moment-là.

LUI : Ce n'est pas gentil ce que tu dis !

MOI : Non, mais tu l'as mérité.

LUI : Embrassons-nous tendrement. Tu sais que je ne t'oublierai jamais et que je suis toujours dans tes pensées.

MOI : Tu es devenu bien romantique.

LUI : Tu sais bien que Dieu n'est pas romantique.

MOI : Alors, tu as appris à dire la vérité

LUI : Ma vérité c'est toi.

Je t'embrasse, ma Déesse.

À demain. Dors bien.

Le lendemain, après avoir dîné, mon chat se laissa caresser et je repris mes conversations télépathiques :

MOI : J'ai rêvé de toi hier.

LUI : Oui, je sais, tu le fais souvent.

MOI : En fait, j'étais furieuse.

LUI : Pourquoi donc ?

MOI : J'ai rêvé d'un énorme serpent vert qui m'a fait peur. Il était effrayant !

LUI : Et donc ?

MOI : J'ai pensé que c'était ta colère puisque je t'avais mis en colère la veille. En plus de ça, je me suis réveillé les membres en douleur, j'avais mal partout, et je t'ai relié à ce serpent énorme.

LUI : Est-ce que tu ne te méprends pas sur moi ?

MOI : Pas du tout, j'ai l'impression que tu es parfois jaloux.

LUI : La jalousie est quelque chose de normal.

MOI : Je ne sais pas… Il y a quelque chose qui me gêne dans cette relation.

LUI : Pourquoi ?

MOI : C'est tellement passionné, c'est tellement irréel. Parfois je me demande si ce n'est pas une illusion.

LUI : Tu sais, si ma passion pour toi n'était qu'une illusion, je ne serais même pas là.

MOI : Oui je sais. Cependant, j'ai peur de ton instabilité. De cette façon de ne pas vraiment entrer dans ma vie, tu vois ? Pendant tout ce temps, j'attendais un signe de toi.

LUI : Je les ai donnés, ces signes…

MOI : Tu ne les as pas donnés concrètement.

LUI : Qu'attends-tu de moi ?

MOI : J'attends de toi que tu me donnes cette stabilité, cette sécurité, cet amour que tu as pour moi et que tu ressens, mais de manière concrète.

LUI : Pourtant tu le sais que j'ai toujours été auprès de toi pour être stable.

MOI : Je ne suis pas sûre… Je ne vois pas encore cette stabilité que tu m'as promise, cette sécurité de ne pas me tracasser le matin quand je me lève, de ne pas penser à ce qu'il pourrait m'arriver en pleine journée, de ne pas me dire que je suis seule la nuit.

LUI : Je t'ai donné cette stabilité, mais tu ne l'as pas vu.

MOI : Non… non, je pense que tu aurais dû t'investir dans cette relation. Que tu aurais dû me donner ce dont j'ai besoin. Que tu aurais dû faire en sorte que je ne me tracasse pas pour rien.

LUI : Et maintenant, que recherches-tu ?

MOI : Je veux peut-être aller en France, dans une petite maison en Provence au calme dans la campagne. Peut-être faire des déjeuners sur la terrasse, profiter du jardin. Me dire que la vie, c'est ça. Que finalement j'ai atteint la retraite avant la retraite, que j'ai la tranquillité que j'ai besoin, l'amour dans mon lit que j'ai toujours eu envie. Ce calme et cette sérénité que j'ai tant cherchée sans pour cela travailler jusque mes 70 ans, mais tu ne me suis pas…

LUI : Tu veux que je te suive ? Je te suivrais.

MOI : Tu sais, durant tout ce temps, je t'ai vu porter un masque.

LUI : Ce n'était pas un masque, c'était pour cacher mes sentiments pour toi

MOI : Tu as caché tes sentiments pour moi et voilà le résultat ! Je me suis enfuie.

LUI : Tu n'aurais pas dû… J'étais sérieux.

MOI : Je sais que tu as eu besoin de tout ce temps, de ce temps pour au moins te stabiliser. Mais au lieu de ça, je suis là, à te parler à distance, sans que tu saches toi-même ce que tu veux vraiment.

LUI : Je sais ce que je veux !

MOI : Prouve-le-moi !

LUI : Et ce fameux serpent, tu ne penses pas qu'il est relié à tous tes ennemis ? Les ennemis que tu t'es faits en écrivant ce dernier livre – La théorie du complot, la prophétie 2021 – ont dû être nombreux.

MOI : Je suis habituée aux ennemis. Ils ne me font plus peur. Je veux juste que le monde sache ce qu'il se passe.

LUI : Tu es dangereuse

MOI : Pourquoi ?

LUI : Tu es dangereuse parce que tu dis la vérité, toute la vérité, rien que la vérité.

MOI : Je sais, j'aurais dû être juge.

LUI : Tu aurais pu faire de nombreux métiers tu sais… Tu aurais pu être mère au foyer pour moi, et m'aimer pour l'éternité.

MOI : Ce n'est pas que je ne t'aime pas pour l'éternité. C'est juste que tu as commis des fautes, des fautes peut-être, qui sont impardonnables. J'hésite entre une vie à New York en plein essor dans la ville ou une vie à la campagne avec l'amour de ma vie…

LUI : Et c'est moi l'amour de ta vie ?

MOI : Peut-être… Je ne sais pas.

LUI : Tu choisirais New York ?

MOI : New York, c'est pour la vie du travail. Si j'ai l'amour de ma vie, je peux me contenter de continuer à écrire mes livres.

LUI : Tu écrirais tes livres avec l'amour de ta vie, c'est bien ça ton rêve ?

MOI : Peut-être.

LUI : Tu sais, tu me prends pour un ami. Mais je ne suis pas un ami.

MOI : Je sais que tu n'es pas un ami. Je sais combien je tiens à toi et je sais combien parfois il a été difficile de me détacher de toi.

LUI : Tu es toujours sincère dans ce que tu me dis.

MOI : Oui, je suis sincère. Je n'ai pas senti ta sincérité. Tu as camouflé, caché sous la lune tes moindres émotions, mis un masque durant tout ce temps. Pourtant je t'ai aimé, et je t'aime encore.

LUI : Que va-t-on faire maintenant ?

MOI : Tu me poses cette question mais y as-tu vraiment réfléchi ?

LUI : Je n'ai pas trouvé le courage de te dire combien je t'aime.

MOI : Cette question est délicate. La réponse aussi. Dès le début je me suis aperçu de mes sentiments pour toi. Dès le début, quand j'ai tenu ta main au cinéma, ma main tremblait. J'ai tremblé pendant une heure comme une feuille. Et puis, j'ai compris que je devais écouter mon intuition. Celle qui me disait que tu n'étais pas qui tu pensais être, que tu voulais être.

LUI : Je me rappelle cette histoire. J'ai compris mais je n'ai pas voulu te le dire.

MOI : Qu'as-tu compris ?

LUI : J'ai compris que tu étais très intuitive.

MOI : Oui, mais c'est du passé. Si j'ai tremblé, c'est peut-être que j'ai dû compromettre quelque part ta personnalité.

LUI : Oui. Oui, c'est vrai… J'avais des choses à cacher.

MOI : Je les ai découvertes.

LUI : Je sais, j'ai cru le comprendre.

MOI : Oui, mais au fond, ce n'est pas ça qui me dérangeait.

LUI : Qu'est-ce qui te dérangeait donc ?

MOI : Ce qui me dérangeait, c'est que, dans notre relation, tu n'as pas compris que je t'étais destiné.

LUI : Si, je l'avais compris mais j'ai eu peur. J'ai eu très peur… J'ai eu très peur de toi ! Tu m'as épouvanté en fait.

MOI : Je t'ai épouvanté parce que j'ai su qui tu étais.

LUI : Oui, c'est ça. Personne ne le savait. Absolument personne.

MOI : Et maintenant ? Que va-t-on faire ?

LUI : Peut-être as-tu trop de rêves, trop d'optimisme, trop dans la tête.

MOI : Tu sais que je suis un Haut-potentiel et que tu l'es aussi. Alors, qu'est-ce qui te dérange dans cette histoire ?

LUI : Rien ne me dérange. J'ai juste eu peur.

MOI : Et si tu ne te stabilises pas, comment veux-tu qu'on s'installe ensemble et qu'on soit heureux loin de tous ces gens qui nous envient, qui nous épient, qui nous jalousent ? Comment veux-tu qu'on fasse si tu ne te remets pas en question ? Si tu ne vois pas clair dans tes relations, si tu te laisses influencer par n'importe qui…

LUI : Tu as raison.

MOI : J'attendrai de toi que tu te décides. Que tu te décides à savoir ce que tu veux vraiment. Que tu te décides à avoir la vie que tu veux sans que je doive t'influencer ou te prendre par la main comme un gamin qui s'est perdu sur le chemin de l'école. Et… je ne sais pas combien de temps j'attendrai. Peut-être même que je n'attendrai pas. Peut-être que ça arrivera si cela arrive. Et si cela n'arrive pas, eh bien, cela n'arrivera pas pour des raisons incohérentes à l'amour. De toute façon, tout est une question de confiance.

LUI : J'ai perdu ta confiance, c'est ça ?

MOI : Partiellement, oui.

LUI : Comment la retrouver ?

MOI : Prouve-le-moi !

LUI : Je me bats pour toi depuis des mois !

MOI : Je ne le vois pas. Concrètement, je ne le vois pas. Spirituellement, tu rôdes dans mes nuits et je te parle avec un langage codé que tu as fini par comprendre après tout ce temps, mais concrètement, que m'apportes-tu ?

LUI : Je ferai ce que je peux pour te reconquérir même si je ne te le dis pas concrètement.

MOI : J'ai encore vu une photo de Vladimir.

LUI : Tu l'appelles Vladimir maintenant ?

MOI : Oui, il a du charisme.

LUI : Mais quel charisme ? Tu parles du charisme de quelqu'un qui, en somme, ne ressemble à rien ?

MOI : Tu es jaloux ?

LUI : Non. Que peut avoir de séduisant un président ?

MOI : Peut-être qu'il a tout ? Peut-être qu'il a tout de ce que toi, tu n'as pas ?

LUI : Arrête. Tu vas me vexer ! Ce sont des absurdités ! Tu sais bien que je ne suis pas jaloux. Jaloux de quoi ? Jaloux de quelqu'un qui est juste capable de réussir des choses pour son propre pays sans voir le reste du monde ?

MOI : Figure-toi qu'il tient tout en compte ! Même le reste du monde. Et ce n'est pas le politicien qui m'intéresse, c'est sa force. Ce n'est pas la politique qui m'intéresse, c'est la façon dont elle est menée.

LUI : Ce n'est pas un homme pour toi, tu dois t'en douter.

MOI : Pourtant il en a la force. Il a la force d'être cet homme que j'ai envie dans ma vie. Et puis… Je suis assez romantique, mais, au niveau pratique, je n'aurais plus à me tracasser. Pourtant, j'aime ma liberté. D'ailleurs, je me demande s'il n'est pas préférable que je reste seule étant donné les absurdités masculines auxquelles j'ai fait face durant ces nombreuses années.

LUI : Oui, c'est ça ! Reste seule, c'est beaucoup mieux, au lieu de prendre un insolent, un arrogant, un homme qui se prend pour Dieu !

MOI : *(Rires)* Tu me fais rire ! C'est toujours toi qui te prenais pour Dieu. C'est toujours toi qui écoutais autour de toi les compliments, même les moins sincères, tout ça parce que cela flattait ton ego.

LUI : Tu te trompes sur moi. J'ai été Dieu, et je le suis toujours, mais tu ne le remarques pas.

MOI : Est-ce un temps bien révolu ? Car rappelles toi, je vais analyser, je vais t'analyser et je vais tout analyser pour savoir ce que je dois faire et… concrètement, je n'ai rien vu.

LUI : Tu veux du concret ? Tu en auras…

MOI : Je t'embrasse. Ce soir, je vais dormir. J'espère que le serpent ne viendra pas hanter mes nuits.

LUI : Au revoir, ma chérie. Bonne nuit.

MOI *(en moi-même)* : Je pense que je vais rôder dans tes nuits comme je le fais depuis que tu m'as rencontrée et que toutes les vipères n'auront jamais ton cœur… Ce sera mon arme pour m'avoir fusillée…

Cet homme et cette femme sont des personnes que les esprits n'ont pas voulu séparer.

Tout ce qui se mettra au travers de leur union sacrée provoquera la colère des Dieux et anéantira le monde.

En 2021, le personnage principal féminin a engendré une crise humanitaire universelle à la suite de cette rupture amoureuse.

Le soleil reviendra lorsque la lune aura accompli sa mission, mais aura détruit des personnes sur son passage en engendrant le karma que chacun a mérité.

Imprimé en Allemagne
Achevé d'imprimer en juillet 2021
Dépôt légal : juillet 2021

Pour

Le Lys Bleu Éditions
40, rue du Louvre
75001 Paris

LE LYS BLEU

ÉDITIONS